COUP DE CHANCE

Irene Punt

Illustrations de Gary O'Brien

Texte français d'Isabelle Allard

Éditions
■SCHOLASTIC

Catalogage avant publication de Bibliothèque et Archives Canada

Punt, Irene, 1955-
[Hockey luck. Français]
Coup de chance / Irene Punt; illustrations de Gary O'Brien;
texte français d'Isabelle Allard.

(Hockey junior)
Traduction de : Hockey luck.
ISBN 978-1-4431-5513-7 (couverture souple)

I. Allard, Isabelle, traducteur II. O'Brien, Gary, J., illustrateur
III. Titre. IV. Titre: Hockey luck. Français V. Collection.

PS8581.U56H614 2016   jC813'.54   C2016-903584-0

Édition publiée par les Éditions Scholastic, 604, rue King Ouest, Toronto (Ontario)
M5V 1E1 CANADA.

5 4 3 2 1   Imprimé au Canada 121   16 17 18 19 20

MIXTE
Papier issu de
sources responsables
FSC® C004071

Table des matières

La chance des Faucons 1

Un mauvais numéro 7

La table ronde 13

Les rituels de la LNH 20

Le test 26

Retour à la case départ 31

Les listes 36

Travailler pour s'améliorer 42

Des passes décisives 47

Le ruban chanceux 55

Une arme secrète 60

Dans la zone 65

Au jeu 71

Un travail d'équipe 78

*Pour Jackie Bevis. J'ai de la chance
d'avoir une si bonne amie.*
— I. P.

La chance des Faucons

Thomas est assis sur le banc de bois du vestiaire, à l'Aréna du Centenaire. Il a les cheveux mouillés, la gorge sèche, les joues rouges et les pieds gelés.

— J'adore le hockey! Quelle partie! s'écrie-t-il en tapant dans la main de ses meilleurs amis, Simon, Mathieu, Justin et Henri.

— Ouais! C'était un super dimanche! réplique Mathieu. On a mis deux œufs dans le nid!

Il se met à battre des coudes en piaillant :

— Cui-cui!

Tout le monde éclate de rire.

J'adore être un Faucon, pense Thomas. C'est sa troisième année dans l'équipe des Faucons de Grand-Lac. Cette saison, ses amis et lui sont entrés dans l'équipe de novices numéro 3. Leur entraîneur s'appelle Hugo. Leurs couleurs d'équipe sont le jaune et le vert.

Le garçon regarde ses coéquipiers. Ils sourient et ont les cheveux mouillés de transpiration. C'est le mois d'octobre et le début d'une nouvelle saison, mais certaines choses sont toujours les mêmes. C'est réconfortant. Cependant une chose, une seule, aurait pu rendre la partie encore meilleure pour Thomas : marquer son premier but de la saison.

— Psitt! On a gagné parce que j'ai mis des pansements de la LNH sur mes ampoules, déclare fièrement Simon en souriant de toutes ses dents. Ils me portent chance.

— Je mange toujours de la pizza le jour d'un match, annonce Mathieu. Parce que la pizza au fromage fondu, ça fait compter des buts!

Il plonge la main dans son sac de sport et en

sort une pointe de pizza au pepperoni qui reste de son déjeuner.

— Je suis sérieux, les gars! Si je mange de la pizza, je compte un but. C'est magique!

— Moi, je m'habille dans un ordre précis pour avoir de la chance, dit Henri. Je mets d'abord mes protège-coudes, puis mon support athlétique et ensuite mes gants. Et je rentre le côté gauche de mon chandail dans ma culotte. Comme Wayne Gretzky!

— Non, on a gagné parce que j'ai porté mes bas puants, rétorque Justin en enlevant ses patins. Je les cache dans mon casque de gardien, ainsi ils ne se font jamais laver. Sentez-moi ça! Avant, ils étaient blancs, et maintenant, ils sont d'un gris brunâtre!

Thomas écoute ses amis parler de leurs superstitions et porte-bonheur de hockey. Comme il n'a plus son chandail chanceux, le numéro 15, il doit se répéter : *Ces gars sont fous. Les porte-bonheur sont ridicules. La CHANCE AU HOCKEY, ça n'existe pas.*

Dans le vestiaire, tous les joueurs révèlent leurs croyances à propos de la chance.

— Je chante *Bonne fête* en laçant mes patins!

— Je porte des caleçons rouges.

— Je me pince avant d'aller sur la glace.

— Un jour, j'ai mangé trois mini pizzas et j'ai réussi un tour du chapeau!

— Oh, non! s'écrie soudain Mathieu. Touchez du bois!

Il se lève et se précipite vers le coin du vestiaire où sont entassés les bâtons.

— Vite, touchez du bois! répète-t-il. Sinon, ça va porter malheur de vous vanter de vos trucs!

Ses coéquipiers suivent son conseil, car personne ne veut avoir de la malchance.

— On touche du bois! crient-ils à l'unisson, en frappant le banc et en se donnant des coups sur la tête.

TOC! TOC! TOC!

Thomas ferme les yeux. Au fond de lui, il respecte les superstitions de hockey. Il sait que les porte-bonheur sont importants. Beaucoup de joueurs de la LNH en ont. *Quand tu as un porte-bonheur, tu te souviens de toutes les fois où cela t'a porté chance au hockey. Et quand tu possèdes un objet qui porte malheur...* Le cœur serré, il enlève son chandail de hockey... le numéro 5. Il fronce les sourcils et le remet dans son sac.

Un mauvais numéro

L'entraîneur entre dans le vestiaire.

— Les Faucons, vous êtes l'équipe la plus chanceuse de la planète! Je n'ai jamais rien vu de pareil! 1 à 1 dans la dernière minute de jeu, et le gardien a éternué juste au moment où Mathieu effectuait son lancer! Heureusement que je portais ma casquette chanceuse!

Il s'essuie le front.

Mathieu déclare d'un air suffisant :

— Je vous le dis... La pizza au fromage fondu... fait éternuer le gardien de but!

— La chance nous sourit, ces jours-ci!

renchérit Justin. Vous vous rappelez la semaine dernière? On a gagné quand les Requins ont marqué dans leur propre but! C'était comme gagner à la loterie.

— Et ce rebond incroyable sur le dessus du filet? ajoute Henri. On a *gaffé*... et compté!

Les autres joueurs éclatent de rire.

L'entraîneur monte sur le banc.

— Bon, les Faucons, du calme! J'ai peur que notre période de chance ne dure pas. On ne peut pas compter sur des coups de bol pour gagner! Revenons aux bases du bon hockey : miser sur nos habiletés et nos jeux.

Il frappe des mains et lève le pouce en ajoutant :

— Belle victoire aujourd'hui! Le prochain match est mercredi à dix-huit heures trente.

Mathieu fait un clin d'œil à ses copains comme pour dire : « Pas de souci, la chance me sourit. On peut compter sur la pizza, les amis! »

Thomas a l'air d'un bonhomme de neige en train de fondre avec les bras pendant le long de son corps et la tête basse. Il aime bien l'entraîneur Hugo et adore quand il *le* félicite. Mais ces derniers temps, Thomas a l'impression qu'il ne réussit rien de bon.

— Qu'est-ce qui se passe? lui demande Henri en le poussant du coude.

— Toutes ces discussions sur les superstitions et les buts chanceux me rappellent que j'ai perdu ma chance, dit Thomas en soupirant. Je n'ai pas d'aliment chanceux, pas de façon spéciale de m'habiller, pas de bas ni de pansements porte-bonheur. Quelle sorte de joueur suis-je donc?

— C'est vrai, intervient Simon. Demande à n'importe qui. Les meilleurs joueurs de hockey du monde ont des porte-bonheur. Même les entraîneurs et les partisans!

Plus Thomas écoute ses amis, plus il est découragé.

— Je n'ai pas compté de but depuis la dernière saison, quand je portais mon vieux chandail numéro 15, grogne-t-il. J'avais l'habitude de dire « Allez, les Faucons! » en l'enfilant. Cette année, j'ai le fichu numéro 5! Quand on est entrés dans l'équipe trois, j'ai dû abandonner mon ancien chandail. Pourquoi cette équipe n'a-t-elle pas de numéro 15?

— Les équipes de Grand-Lac n'ont pas tous les numéros du monde, marmonne Justin. Si c'était le cas, je prendrais le numéro 32 comme Jonathan Quick.

— Moi, j'aime le numéro 66, dit Henri.

— Vous vous souvenez de ce qu'a dit l'entraîneur? lance Simon en frissonnant. Ne mettez pas vos patins dans votre sac sans protège-lames. Peut-être que les lames d'un autre joueur ont déchiré ce chandail!

Thomas se penche pour fouiller dans son sac. *Craaaaac!* Sa culotte de hockey se fend à l'arrière. Quand il se relève, il se cogne la tête.

— Oh, non! grommelle-t-il. Non seulement j'ai

perdu ma chance, mais en plus la malchance me poursuit!

Mathieu ne rit pas. Il regarde son ami comme pour dire : « Tu as raison! Tu es vraiment malchanceux! »

Les garçons traînent leurs lourds sacs de sport le long du couloir sous les gradins. Ils s'arrêtent devant la vitre des spectateurs et observent la partie. L'équipe de novices numéro 4 est sur la glace. Thomas suit les joueurs des yeux et repère le numéro 15.

— Hé! Cette fille porte mon ancien chandail!

Il observe le jeu. La joueuse numéro 15 file sur la glace, manie le bâton comme une pro, décrit une courbe vers la droite du filet, lance et... compte!

Le cœur de Thomas se serre. La magie de son vieux chandail opère toujours.

La table ronde

Mathieu reste bouche bée.

— Oh là là! dit-il en tapotant l'épaule de Thomas. Le numéro 15 est *vraiment* un chandail chanceux! Maintenant, cette fille a *ta* chance! Elle a *ton* lancer frappé percutant et elle compte *tes* buts! Dommage... le chandail numéro 5 est une malédiction!

La vérité est pénible à entendre. Thomas tire sur son sac de hockey. Une des roues se détache. Il traîne son sac brisé vers la porte.

— Thomas! Par ici! crie sa mère, qui attend parmi les autres parents près du casse-croûte. Dépêche-toi!

Elle resserre son foulard jaune et vert autour

de son cou.

Thomas regarde autour de lui. Tous les parents, grands-parents et partisans des joueurs des Faucons portent les couleurs de l'équipe. Ça porte chance et c'est bon pour le moral des joueurs. Tout le monde a aidé l'équipe à gagner, sauf lui.

Il transporte son sac en bas des marches et dans le stationnement. Ses amis marchent derrière lui en chuchotant.

Juste avant de monter dans la voiture, Henri lance :

— Hé, les gars! Voulez-vous jouer au hockey de rue? On se retrouve à quinze heures devant chez moi!

— D'accord! dit Thomas, réconforté.

Il adore presque autant le hockey de rue que le hockey sur glace. De plus, il n'y a pas de chandails pour ce genre de hockey, ni de numéros. Il va compter, c'est certain. Sans problème!

Il est plus de quinze heures. Thomas manie

une balle de tennis le long de l'allée du garage, puis sur le trottoir en direction de la maison d'Henri.

POC, POC, POC!

Il se concentre pour garder la tête haute et les poignets souples. Il regarde devant lui et fait semblant que le lampadaire est le but. Il effectue un lancer. *SWOUCH!* La balle rate le poteau et rebondit dans la rue — *BOÏNG, BOÏNG, BOÏNG!* Elle s'immobilise sous la voiture de Mme Corbet. *Bon, et quoi encore?*

Il pose son bâton sur son épaule et accélère le pas.

Un filet de hockey est installé dans l'allée d'Henri, mais les amis de Thomas ne sont pas encore arrivés. *Ont-ils dit quatorze ou quinze heures? Ai-je raté la partie?*

Inquiet, Thomas s'approche et voit que la

porte de garage est ouverte. Ses quatre amis sont assis à une table ronde. On dirait qu'ils font une dictée.

— Par ici! lance Henri.

— Que faites-vous? demande Thomas en plissant le nez, perplexe.

— Notre équipe a un problème, dit Justin d'une voix robotique.

— Hein? dit Thomas.

Ses amis se comportent de manière étrange. Ils lui donnent l'impression d'être dans le bureau du directeur.

Mathieu baisse les yeux, puis dit rapidement :

— Tu avais le plus grand nombre de buts l'an dernier. Mais cette saison-ci... tu as un passage à vide, on dirait. Tu es au fond du baril. Alors, il faut te remonter. Comme on est tes amis, on va t'aider! Voilà, c'est tout!

Il pousse un gros soupir.

Thomas rougit. Il sait à quel point son jeu est pourri, mais ce n'est pas agréable de se le faire dire.

Mathieu donne un coup de coude à Simon et chuchote :

— À ton tour.

— Heu, Thomas... commence Simon. Tout d'abord, tu as besoin d'un peu de chance. Moi, je suis habitué à trébucher et à m'écraser contre des objets. Mais ça ne te ressemble pas! Tu es notre *joueur vedette*. L'équipe compte sur tes buts.

— C'est toi qui nous aides généralement! renchérit Henri. Maintenant, c'est à notre tour de t'aider.

Ses quatre amis unissent leurs poings en criant :

— Thomas est le meilleur!

Thomas est rasséréné. Ses amis font de leur mieux pour lui donner un coup de main. *Mes amis peuvent-ils vraiment m'aider à redevenir chanceux?* se demande-t-il.

— On a un plan, déclare Henri.

Simon tend un pansement de la LNH à Thomas.

— Je partage mon arme secrète avec toi.

Mathieu sort un morceau de pizza aux champignons de sa poche.

— Elle est un peu écrasée, mais c'est un but assuré. Mange-la et tu verras!

Justin lui donne un sac rempli de brocoli.

— Tu auras vite des bas puants si tu mets ça à l'intérieur.

— Merci, les gars, dit Thomas, encore un

peu soucieux, mais la chance n'arrive pas si facilement que ça!

Henri lui montre la tablette de sa mère.

— J'ai quelque chose qui pourrait t'aider, dit-il en l'ouvrant. Je m'en sers généralement pour chercher les mots compliqués que ma mère utilise. Mais aujourd'hui, on a une recherche plus IMPORTANTE à faire. Comme... ce que font les pros de la LNH pour avoir de la chance!

Il touche l'écran et se concentre pour taper les mots « porte-bonheur de la LNH » dans la barre de recherche.

— D'accord, dit Thomas en se croisant les doigts.

Ses amis et la LNH au complet réussiront peut-être à trouver des trucs pour que la chance lui revienne...

Les rituels
de la LNH

— Écoutez ça, dit Henri en suivant le texte du doigt sur l'écran. Un porte-bonheur est un rituel ou objet qu'on estime porteur de chance.

— Peuh! s'exclame Mathieu en tapant du pied. Il faut qu'on sache ce qu'est ce RITUEL OU OBJET! Par exemple, si tu te mets du vernis sur les orteils le jour d'un match, tu auras de la veine. Voilà le genre de réponse qu'on cherche!

Simon inscrit d'autres mots dans la barre de recherche : « Superstitions de la LNH ». Au bout de quelques secondes, une liste apparaît.

Mathieu clique sur le premier lien : « Les fans

des Red Wings de Detroit lancent des poulpes sur la glace pour se porter chance! »

— Génial! s'écrient les garçons en agitant les bras comme des tentacules.

— « Les Panthers de la Floride ont jeté des rats sur la glace dans l'espoir de provoquer un « tour du rat-peau! » lit Simon. Je déteste les rats.

— Ces superstitions ne serviront pas à Thomas, dit Mathieu. Il est un Faucon sur la glace, pas un partisan dans les gradins. Quoi d'autre?

La tablette passe d'une main à l'autre.

— En voici une bonne, déclare Henri en écarquillant les yeux. L'avant de la LNH, Bruce Gardiner, avait l'habitude de plonger son bâton dans la cuvette des toilettes. Il tirait la chasse pour montrer à son bâton que c'était lui le maître. Il y a une toilette juste à côté. Allons-y!

Thomas prend son bâton. Ses amis et lui se dirigent vers la salle de bain en hululant comme des hiboux :

— Ouuuu! Ouuuu! C'est complètement fouuuu!

— Mets la lame dans l'eau, dit Henri à Thomas en désignant la cuvette.

— Ensuite, agite ton bâton, ajoute Justin. C'est toi le maître! Tu es le patron!

Thomas obéit.

Simon appuie sur la chasse d'eau. *FLOUCH!* L'eau tourbillonne dans la cuvette, monte jusqu'au bord, puis est évacuée.

— Yé! crient les garçons. Super!

La sœur d'Henri, Zoé, arrive derrière Thomas.

— Je vais le dire à maman et vous allez être punis! s'exclame-t-elle. MA-MAN! Thomas brise notre toilette! Viens vite!

La mère d'Henri apparaît aussitôt. Elle se tient à la porte, les bras croisés.

— Que diable faites-vous donc? Enlevez ce bâton de là tout de suite! Si vous voulez jouer dans les toilettes, je vais vous donner à chacun une paire de gants et une brosse!

Les cinq garçons retournent en courant dans

le garage.

— Je pensais que j'étais foutu! s'écrie Thomas, hors d'haleine.

— Que fait-on maintenant? demande Simon.

— Sidney Crosby mange un sandwich au beurre d'arachide et à la confiture avant ses matchs, dit Henri. Je peux t'en préparer un, si tu veux.

— Non! Je n'aime pas la confiture! soupire Thomas.

Mathieu se gratte la tête et prend la tablette pour chercher d'autres sites.

— J'ai trouvé un bon truc! Un joueur des Rangers de New York appelé Gilles Gratton faisait le poirier sur les mains avant chaque partie. Veux-tu essayer? demande-t-il à Thomas en haussant les sourcils.

Ce dernier hoche la tête, désespéré. Simon empile des sacs de couchage, des vestes de sauvetage et des bâches le long du mur du garage.

— Ça va amortir ta chute... juste au cas où.

LA SÉCURITÉ AVANT TOUT!

Thomas s'accroupit. Il place les paumes sur le sol et la tête entre ses mains. Henri et Justin soulèvent ses pieds et ses jambes.

— Non! Non! Je vais tomber! s'écrie Thomas.

Ses deux amis l'aident à se tenir sur les mains.

— Aïe! Mes mains! crie le garçon. Ma tête! Mon dos! Ouille! Aïe! Aaahoooh!

— Vous devriez le redescendre, conseille Simon. Son visage est violet.

FOUMP! Thomas atterrit sur les sacs de couchage.

— Aaaahoooh! hurle-t-il une dernière fois.

— Que se passe-t-il ici? crie la mère d'Henri. Pourquoi ce tohu-bohu? Il y aura des *conséquences* si vous brisez quelque chose!

— Je vous avais prévenu que ma mère utilise des mots compliqués, dit Henri en entraînant ses amis dehors. Allons jouer au hockey!

Le test

Les poches de Thomas sont remplies de brocoli et de pizza. Il colle le pansement de la LNH sur son menton.

— Je suis prêt à tester ma chance avec tous ces trucs!

Il attache son casque en souriant, puis trébuche sur le pied de Simon. Il se relève lentement.

La rondelle de plastique passe d'un joueur à l'autre. Elle traverse l'allée dans toutes les directions. Justin s'accroupit devant le filet en arborant son air féroce de gardien de but. *POC! POC! POC!* Il réussit arrêt après arrêt. Thomas tente de s'emparer du rebond, mais rate son coup chaque fois.

Il réussit des passes de bâton à bâton, ce qui permet à Henri de marquer à deux reprises.

Cinq minutes plus tard, Thomas reçoit une passe de Mathieu. Il s'élance en échappée du côté gauche de l'allée. *Ça y est. Je vais réussir,* pense-t-il en surveillant Justin, qui bloque la gauche du filet. Thomas effectue un lancer à droite et en hauteur. Justin arrête la rondelle avec son gant.

Simon saisit le rebond et frappe doucement la rondelle. Cette dernière glisse entre les jambières de Justin.

— But! s'écrie Simon en dansant sur place.

Thomas traîne les pieds.

— Comment as-tu réussi ça?

— Un coup de chance, répond Simon.

— *Chut!* dit Henri avec un regard d'avertissement.

— Désolé, Thomas, j'avais oublié, s'excuse Simon. Je n'étais pas censé te parler de chance. Cela ne fait qu'empirer les choses. Mais tu sais,

Justin est le meilleur gardien du monde et porte les bas les plus puants du monde. Voilà pourquoi tu n'as pas compté. Tu n'avais aucune chance. D'habitude, je ne réussis pas mes tirs au but, mais mes pansements de la LNH m'ont porté chance.

Thomas désigne le pansement sur son menton.

— Ce n'est pas un porte-bonheur... pour moi! La pizza dans ma poche n'a pas fonctionné non plus. Et me tenir sur la tête m'a juste fait mal au cou.

— Veux-tu que j'enlève mes bas? Tu pourrais les essayer, propose Justin.

— Non! s'écrie Thomas, dégoûté par cette suggestion.

Justin tape des mains.

— J'ai une autre idée. Parle au filet. C'est ce que faisait le gardien Patrick Roy durant les matchs de la LNH.

Thomas a de moins en moins d'espoir. *Devrais-je abandonner?* se demande-t-il. Mais ses amis semblent optimistes.

— Ne lâche pas! Tu es le patron! C'est toi qui mènes! l'encouragent-ils.

Il prend une grande inspiration. *Non! Je ne suis pas un dégonflé. Personne n'aime les dégonflés.* Prenant la rondelle de plastique orange dans sa main, il déclare d'une voix ferme :

— Écoute, le filet! Cette rondelle va te frapper comme une balle de revolver, alors prépare-toi! Je vais compter le prochain but! Compris?

— Bien dit! applaudit Henri.

— Maintenant, tape les poteaux avec ton bâton, lui conseille Justin.

Thomas frappe les poteaux à trois reprises. Il leur montre qui est le patron. Puis il embrasse la rondelle et lui dit gentiment :

— Allons, petite rondelle, sois mon amie. On va compter un but, toi et moi.

Mais Thomas ne marque aucun but. Il trébuche sur une branche et perd sa chaussure dans un buisson.

Il rentre à la maison d'un pas lourd. Il en a assez du hockey.

Retour à la
case départ

Le lundi matin, la cour d'école fourmille d'activité. Thomas retrouve ses amis près des balançoires.

— J'ai fait des cauchemars toute la nuit, leur dit-il. Le chiffre 5, ce chiffre malchanceux était partout! Les Faucons avaient cinq punitions de cinq minutes. Nos adversaires avaient compté cinq buts. Il nous manquait cinq joueurs. J'avais reçu cinq cents pour mon allocation. Et j'avais mal aux dents! C'était le pire cauchemar de ma vie!

— Moi aussi, j'ai fait un cauchemar, dit

Mathieu. Ta malchance déteint sur nous!

— Impossible! proteste Thomas.

Il est tout de même inquiet. *Et si ma malchance était contagieuse?* Il est temps d'essayer une autre tactique.

— L'entraîneur dit toujours de s'en tenir aux techniques de base, dit-il à ses amis. De revenir à la case départ si on est coincé dans une routine. On devrait peut-être revenir aux bonnes vieilles superstitions?

Les garçons se mettent à nommer toutes les superstitions qu'ils connaissent :

— Ne marche pas sur une ligne de trottoir!

— Ne laisse pas un chat noir croiser ton chemin!

— Croise-toi les doigts!

— Croise-toi les orteils!

— Procure-toi un fer à cheval.

— Pince-toi!

— Trouve un trèfle à quatre feuilles.

— Trouve un sou noir...

— Il n'y a plus de pièces d'un cent au Canada,

rétorque Thomas.

— Je parie que notre ancienne prof, Mme Wong, en a une. Elle a toutes sortes de trucs dans son bureau.

Les cinq copains courent jusqu'à sa classe et frappent à la porte.

Mme Wong est en train de créer un présentoir pour l'Action de grâce.

— Bonjour, les garçons! dit-elle en souriant. Vous m'avez manqué. Comment vont les Faucons?

— Thomas a perdu sa chance au hockey, répond Simon. Tout a commencé quand il a eu son nouveau chandail, le numéro 5, plutôt que son numéro chanceux, le 15.

— Oh là là! dit Mme Wong en secouant la tête. Les joueurs de hockey ont tellement de superstitions! Je me souviens quand mon frère a dit le mot *blanchissage* durant une partie. Son équipe a perdu 9-0. Je pense qu'il s'est convaincu lui-même de perdre. Il pensait qu'ils se feraient battre, et c'est ce qui est arrivé. Par la suite, il a embrassé la coupe Stanley quand elle était à la bibliothèque publique, et son équipe a gagné la partie suivante!

— Vraiment? s'exclame Thomas.

— Avez-vous une pièce d'un cent? demande Mathieu. Thomas pourrait l'embrasser pour que ça lui porte chance.

— Bonne idée! Mais je n'ai pas trouvé de sou noir par terre depuis très longtemps, soupire Mme Wong.

Les garçons sont découragés.

— Hum... Laissez-moi réfléchir, dit l'enseignante en se dirigeant vers son bureau.

Elle ouvre le tiroir du bas et en sort un vieux calendrier.

— Tiens, Thomas. Tu te souviens quand nous avons étudié les proverbes et les dictons? J'ai eu la chance d'en trouver 365 dans ce calendrier! Les proverbes sont pleins de bons conseils. Tu en trouveras peut-être un sur la chance et la bonne fortune.

Thomas aime bien Mme Wong. Il s'ennuie d'elle, même s'il apprécie sa nouvelle enseignante, Mlle Lucie.

DRING! DRING! La cloche de neuf heures retentit.

— Ne soyez pas en retard en classe! dit Mme Wong. Et souvenez-vous... La plupart du temps, nous créons notre propre chance!

— Merci, dit Thomas en la saluant.

Il se hâte vers le local numéro sept, muni de ses 365 proverbes.

Les listes

— Bonjour, génies en herbe! déclare Mlle Lucie, qui aime bien leur attribuer des noms flatteurs. Aujourd'hui, nous avons une rédaction amusante! Cela vous donnera la chance de décrire une activité que vous connaissez bien.

Elle fredonne en inscrivant des mots au tableau :

Dressez une liste.
Le titre doit commencer par :
COMMENT...

Thomas se gratte la tête. Le hockey est le seul

sujet qui l'inspire.

— Quelqu'un veut nous parler de son idée? demande l'enseignante.

Justin se frotte les pieds sous son pupitre.

— Ma liste s'intitulera « Comment créer un kiosque à limonade », annonce Laura. Il y a beaucoup de tâches, comme préparer la limonade, trouver des gobelets et peindre une pancarte.

— La mienne sera « Comment devenir écrivaine », lance Karine. Il y a trois étapes faciles.

— Excellent, approuve Mlle Lucie. Je sens du génie dans cette classe! Laissez aller votre imagination! Vous en êtes *capables*! Voyons si vous pouvez inscrire vingt éléments sur votre liste.

Avec Mlle Lucie, tout semble possible et tout le monde se sent intelligent.

Thomas se dit: *Je ne peux pas écrire « Comment marquer un but », car... je n'en compte plus! JE N'AI PLUS DE CHANCE AU*

HOCKEY!

Il sort le calendrier de Mme Wong, l'ouvre et lit :

« Qui se ressemble s'assemble. » Thomas hoche la tête en pensant à son équipe.

« C'est en forgeant qu'on devient forgeron. » Il hoche encore la tête.

« La chance sourit aux audacieux. »

« Contre mauvaise fortune, il faut faire bon cœur. »

Thomas n'en croit pas ses yeux. Même le calendrier connaît le hockey et la façon de résoudre les problèmes de chance. Le dernier proverbe lui donne une idée. Il ouvre son cahier

et écrit :

Comment avoir de la MALCHANCE au hockey

1. Porter le chandail numéro 5
2. Ne pas s'entraîner
3. Être en retard
4. Ne pas écouter l'entraîneur
5. Manquer de sérieux
6. Manger trop de bonbons
7. Être fatigué
8. Oublier ses patins
9. Oublier d'affûter ses patins
10. Se tromper d'aréna
11. Oublier son protège-dents
12. Ne pas suivre les règles
13. Être de mauvaise humeur
14. Se moquer de ses coéquipiers
15. Ne pas remercier l'entraîneur et les parents bénévoles
16. Perdre son numéro chanceux... (au profit d'une fille qui porte des rubans roses)
17. Être bizarre
18. Se mettre les doigts dans le nez
19. Apporter son serpent à un match
20. Porter le chandail numéro 5!!!!!!!

Thomas relit sa liste. Elle est parfaite et le fait sourire.

Mlle Lucie se promène dans la classe en disant aux élèves à quel point ils sont doués. Même Justin, qui déteste écrire, est en train de rédiger une longue liste : « Comment créer une patinoire extérieure ».

Thomas réfléchit à sa semaine. Ce n'était pas agréable d'être grognon. Il prend son crayon et crée une deuxième liste. Celle-là est très facile.

Comment avoir de la CHANCE au hockey
1. Écouter son entraîneur
2. S'entraîner
3. Manger des aliments sains
4. Être à l'heure
5. Boire de l'eau
6. Avoir une bonne nuit de sommeil
7. Vérifier son sac d'équipement pour ne rien oublier
8. Affûter ses patins
9. Se rendre au bon aréna
10. Vérifier l'horaire!

11. Porter son protège-dents
12. Suivre les règles
13. Avoir l'esprit d'équipe
14. Être de bonne humeur!
15. Remercier l'entraîneur et les parents bénévoles
16. Se brosser les dents
17. Ne pas se mettre les doigts dans le nez
18. Laisser son serpent à la maison
19. Si on porte le chandail numéro 5, faire tout de même de son mieux
20. Rester positif... (même si une fille aux rubans roses porte le chandail numéro 15)

Thomas pense aux paroles de Mme Wong : « Nous créons notre propre chance. » Cette enseignante a parfois des idées étranges, mais le calendrier aux proverbes était une bonne suggestion. Il le lit une fois de plus, en ajoutant un mot :

« Contre mauvaise fortune au hockey, il faut faire bon cœur. »

Travailler pour s'améliorer

Le mardi matin, Thomas est assis dans la cuisine et termine son devoir d'épellation. Sa mère prépare le déjeuner tout en faisant la lessive, pendant que son père s'occupe des sacs repas du midi. Les rôties brûlent, le café se renverse et le détecteur de fumée retentit.

— Ouache! s'exclame Mme Hiller en sortant un truc visqueux de la poche du jean de Thomas. C'est dégoûtant!

— C'est la pizza chanceuse de Mathieu, explique le garçon. J'étais censé la manger pour avoir plus de chance au hockey.

Sa mère lève les yeux au ciel.

— Ce Mathieu est un plaisantin.

— Non, maman. Quand il mange de la pizza le jour d'une partie, il compte un but. Tu ne *crois pas* aux superstitions de hockey?

— En tant que scientifique, NON! répond-elle. Les superstitions sont ridicules. Si Mathieu compte un but, c'est parce qu'il a bien joué, pas parce qu'il a mangé de la pizza.

Thomas fronce les sourcils.

— Mais... papa a des superstitions de hockey! Il ne s'est pas rasé et les Flames ont gagné!

Sa mère soupire.

— Je suppose que certains porte-bonheur donnent de l'*espoir*. Certaines superstitions aident à se *concentrer*. Mais il ne faut pas compter SEULEMENT sur la chance. Travaille pour t'améliorer, et tu auras de la chance!

— Je fais toujours des efforts pour m'améliorer, dit Thomas en soupirant. Mais je n'ai pas marqué un seul but cette saison.

— Persévère, dit son père. Les paresseux ne

sont jamais chanceux!

Fischhhh-flouch-wouch fait la machine à laver, sur le point de déborder. Mme Hiller se précipite pour l'arrêter en s'écriant :

— Chaque fois que je porte ce cardigan, ma journée est un désastre!

Elle retire son cardigan bleu.

M. Hiller chuchote à l'oreille de son fils :

— Tu le sauras quand ta chance tournera. Tu auras une illumination, comme une lumière rouge de but.

C'est une journée ordinaire à l'école. Les élèves doivent écrire dans leur journal, résoudre deux pages de problèmes de maths et écouter une leçon sur la rivière Bow. Mathieu bâille durant tout l'après-midi. Puis il fait une découverte. Le nom de famille de Mlle Lucie est Venne. En changeant une lettre, cela donne le mot « veine », qui veut dire chance. Il fait passer un message à Thomas pour le lui dire.

Mlle Lucie est debout à côté du bureau de Thomas. Elle peut lire le papier par-dessus son épaule. Le garçon frissonne. Heureusement, l'enseignante ne se fâche pas. Elle lui demande :

— Comment va ta chance au hockey, ces jours-ci?

— Mal, marmonne-t-il.

Il n'a pas compté à la récré en jouant au hockey-balle. Chaque fois qu'il faisait une passe, quelqu'un d'autre marquait un but.

— Tous les autres sont devenus bons au hockey-balle, alors je dois m'améliorer, ajoute-t-il.

— J'ai bien aimé ta liste sur la chance au hockey, dit Mlle Lucie. Ne lâche pas!

— Merci, répond Thomas.

Mlle Lucie est très gentille.

Karine est assise à côté de Thomas. Elle se penche en disant :

— Si tu veux être chanceux, il faut agir comme les Irlandais. Je pourrais t'enseigner la

gigue irlandaise, si tu veux!

Thomas manque de s'étouffer.

— Ou bien la danse des épées, poursuit Karine.

— Hé, Thomas! lance Mathieu en faisant la grimace. Les épées sont super. Mais tu devras porter un costume vert de farfadet pour avoir la chance des Irlandais!

— Allons! Les joueurs de hockey ne portent pas de costumes de farfadet, dit Justin en levant les yeux au ciel. Ils portent des culottes rembourrées!

Des passes
décisives

Après l'école, Thomas prend son sac à dos et se dirige vers le passage pour piétons. Son père l'attend dans sa camionnette, garée de l'autre côté de la rue.

— Par ici! crie-t-il en brandissant une boîte de trous de beigne.

Thomas court le rejoindre.

— Allons au magasin de sport, dit M. Hiller. J'ai essayé de réparer la déchirure de ta culotte de hockey, mais c'était impossible. Le ruban en toile ne tient pas et j'ai coincé la machine à coudre avec du fil noir. Cette culotte est usée et trop petite, de toute façon. Il est temps de t'en acheter une nouvelle.

— Youpi! se réjouit Thomas en avalant un trou de beigne.

Une nouvelle culotte de hockey! Son ancienne avait été achetée dans une vente-débarras.

Son père allume la radio. C'est l'heure de l'émission *Parlons hockey*.

« Aujourd'hui, nous allons parler de la chance qu'a notre ville d'avoir des joueurs de hockey junior A qui réussiront peut-être à décrocher des bourses universitaires, jouer dans la Ligue de hockey de l'Ouest ou même dans la LNH. Nos lignes téléphoniques sont ouvertes! », annonce l'animateur.

— Peut-être qu'un jour, tu seras dans l'équipe des Mustangs junior A, dit M. Hiller. Tu pourrais obtenir une bourse et jouer dans la LNH.

Dis donc, papa a de grands rêves! pense Thomas. *Mais c'est aussi* mon *rêve!*

Le magasin est rempli de joueurs de hockey venus faire des achats avec leurs parents.

Thomas et son père regardent les patins en se rendant au rayon des vêtements.

— Ce sera pour la prochaine fois, dit son père. Tu pousses comme de la mauvaise herbe!

Thomas essaie des culottes. La première est trop rembourrée. Il a l'air d'avoir avalé un coussin. La deuxième est·trop longue. Il ne peut pas plier les genoux. La troisième est trop grande à la taille. Elle tombe presque par terre quand il sort de la cabine d'essayage.

Il essaie une dernière paire.

— Elle est parfaite, dit-il.

— Marche un peu, suggère son père. Exécute des mouvements de hockey pour être certain qu'elle est confortable. Pendant ce temps, je vais aller me chercher un casque.

Thomas passe à l'action. Il se penche, s'accroupit, s'élance et s'assoit... à côté d'un grand gaillard qui porte une veste des Mustangs Junior A de Calgary. Le nom BAXTER est écrit sur sa manche.

Ça alors! Je suis assis à côté de Butch

Baxter! C'est le meilleur joueur avant de la ligue! pense Thomas, surexcité. *L'animateur de radio vient de dire qu'il ira au repêchage de la Ligue de hockey de l'Ouest!*

Butch Baxter est occupé à mettre du ruban adhésif sur son nouveau bâton. Il recouvre la lame de ruban blanc en marmonnant l'alphabet : « A, B, C, D, E... »

Finalement, il se tourne vers Thomas :

— Tu achètes une nouvelle culotte de hockey?

— Oui, mon ancienne s'est déchirée, répond-il.

— J'espère que tu as compté un but quand elle s'est déchirée! dit Butch.

— Non, répond Thomas en rougissant.

Comment pourrait-il dire à Butch Baxter qu'il n'a compté aucun but? Que sa culotte s'est fendue dans le vestiaire?

— Oups, désolé, mon gars, dit Butch devant son air embarrassé. Ne t'en fais pas, même moi, je n'ai marqué que quelques buts la saison dernière. C'était difficile avec tous les bons

gardiens de la ligue!

— Mais... tu es le meilleur attaquant! dit Thomas d'un ton admiratif. Tout le monde le dit!

— C'est parce que je passe la rondelle et que j'*aide* mes coéquipiers à marquer des buts.

Je joue au sein d'une équipe, sans chercher à m'approprier la rondelle. Les joueurs qui monopolisent la rondelle veulent juste compter des buts. Et quand l'équipe adverse s'en rend compte, elle concentre ses attaques sur *lui*.

Thomas l'écoute attentivement.

Butch continue :

— Il faut plus qu'un joueur pour compter. Tout le monde joue un rôle sur la glace. J'essaie de placer la rondelle de façon à ce que le joueur en meilleure position puisse effectuer un tir au but. Parfois c'est moi, et parfois c'est un autre joueur. J'ai la chance d'avoir une excellente défense derrière moi. Ces joueurs gardent la rondelle loin de notre filet et me la renvoient.

Il enroule encore un peu de ruban sur son bâton et reprend :

— J'ai obtenu le record des assistances la saison dernière : 105! Et cinq en une seule partie! Et toi, as-tu eu des passes décisives?

— Oui, souvent. J'en ai déjà sept cette saison, et on a disputé seulement six parties!

— Bravo. C'est génial! dit Butch en levant le pouce.

Soudain, Thomas se sent merveilleusement bien. Tout ce temps-là, il n'a pas laissé tomber son équipe. Il ne se doutait pas que les assistances étaient *aussi* importantes.

Butch consulte l'heure sur son téléphone cellulaire.

— Je dois aller à l'aréna. Je mets *TOUJOURS* du ruban sur mes bas exactement deux heures et huit minutes avant une partie. C'est le moment où j'entre *dans la zone* et que je me fais un petit discours d'encouragement.

— Quelle zone?

— *Ma* zone. C'est le moment où je commence à me concentrer sur mon jeu. Je me prépare mentalement. Ton *cerveau* et ton *corps* doivent être prêts pour une partie importante.

— Oh, fait Thomas d'une petite voix.

Il n'avait jamais pensé à cela.

— Continue de faire des passes! lui dit Butch. Et souviens-toi : les membres d'une équipe gagnent ensemble et perdent ensemble!

— D'accord, je vais continuer, promet Thomas.

Mais en s'asseyant sur le banc pour attendre son père, une autre pensée lui traverse l'esprit. Il se croise les doigts et murmure :

— J'aimerais juste... compter un autre but.

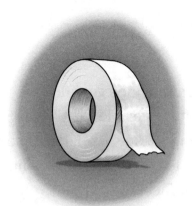

Le ruban
chanceux

Une odeur de sauce à spaghetti épicée flotte dans la maison. Thomas enfile sa nouvelle culotte de hockey pour la montrer à sa mère.

— C'est très bien, dit-elle en le faisant pivoter. Solide et bien rembourrée. Hé, qu'est-ce que c'est que ça?

Elle arrache un bout de ruban adhésif collé à l'arrière de la culotte. Il est de la longueur d'un hot-dog.

— Sapristi! C'est le ruban de Butch Baxter! s'exclame le garçon en collant le ruban sur son pouce. On dirait un... numéro 1!

Il a soudain une idée géniale.

Il se précipite vers le vestibule. Son sac de hockey est ouvert sur le sol. Il sort son chandail blanc et l'étale par terre. Le gros numéro dans le dos lui fait face.

— Adieu, numéro 5! dit-il en collant le numéro 1 à côté du 5.

Le ruban blanc est presque invisible sur le chandail blanc, mais Thomas sait qu'il est là.

— PARFAIT! s'exclame-t-il.

Le bout de ruban adhésif transforme son nouveau chandail en son ancienne arme secrète : le numéro 15!

— Allez, les Faucons! dit le garçon en enfilant le chandail.

Il sort dans le jardin en prenant son bâton et un seau de rondelles au passage.

De vieux pneus sont appuyés contre le mur en briques. Thomas a toujours réussi à lancer des rondelles au centre de ces pneus. Il l'a fait des centaines de fois. Le temps est venu de tester son numéro 15.

C'est parti! Il effectue un lancer du poignet et fait mouche dès son premier essai.

— En plein dans le mille! s'écrie-t-il. Comme avant!

Il en pleure presque de joie.

Il enfile les lancers en frappant la cible presque chaque fois. Puis il pense à ce que Butch Baxter lui a dit : « *Je passe la rondelle et j'aide mes coéquipiers à marquer des buts. Les membres d'une équipe gagnent ensemble et perdent ensemble!* »

Thomas se demande comment s'exercer à faire des passes.

Une autre idée lui vient. Il prend une balle de tennis et l'envoie rebondir sur le mur. Le rebond est comme une passe dans sa direction. Il frappe la balle avec son bâton à plusieurs reprises, comme un exercice de passes. Ce n'est pas idéal, mais c'est agréable de garder la balle en mouvement. Lorsqu'elle s'approche de la dernière cible, il lance... et compte!

Sa mère sort de la maison.

— Thomas! Tu es couvert de sueur!

Il sourit. Ça fait du bien de transpirer!

— Rentre, maintenant. Le souper est prêt. *OUACHE!* Ton chandail pue! Enlève-le pour que je le lave avant ta partie de demain.

Elle retourne dans la cuisine.

Oh, non. Pas le numéro 15! se dit Thomas.

Il enlève son chandail et le cache dans son casque de hockey.

Un frisson d'excitation le parcourt. Le numéro 15 va surprendre tout le monde!

Une arme
secrète

Le mercredi matin, Thomas marche vers l'école en pensant à ses exploits dans le jardin. Il aperçoit ses amis et court les rejoindre.

— Salut, les gars!

— On joue aujourd'hui! s'exclame Henri. J'ai déjà vérifié mon équipement.

— Je suis prêt, moi aussi, dit Justin, qui porte ses bas puants.

— J'ai de la pizza hawaïenne pour la collation et de la pizza au salami pour dîner, annonce Mathieu en se léchant les lèvres.

Simon a l'air inquiet.

— Je porte mon dernier pansement de la LNH. J'espère qu'il ne tombera pas!

Thomas sifflote et fredonne, et semble sur le point de danser une gigue irlandaise. Il a un porte-bonheur, lui aussi.

Ses amis le regardent en haussant les sourcils.

— Qu'est-ce qui se passe?

— Tu as un sourire aussi grand qu'une banane, ajoute Mathieu.

Oh, non. Thomas avale sa salive. Il voudrait tellement leur parler du numéro 15 et leur dire que sa chance est revenue. Mais il a peur de se vanter. S'il révèle son arme secrète, demeurera-t-elle un secret? Et surtout, fonctionnera-t-elle encore?

Il réfléchit, puis répond :

— L'entraîneur dit qu'il faut avoir une attitude *positive*, alors je reste positif. Je suis certain qu'on va avoir une bonne partie! Touchons du bois!

Il cogne ses jointures sur sa tête.

— TOUCHONS DU BOIS! répètent ses amis

en se frappant le crâne à leur tour.

La journée passe à la vitesse de l'éclair. Thomas griffonne le chiffre 15 dans tous ses cahiers.

— ● —

Il est exactement deux heures et huit minutes avant le match. Thomas mange un bol de soupe au bœuf haché, puis il vérifie le contenu de son sac de sport. Tout est là.

— Où est maman? demande-t-il à son père.

— Au travail, répond son père sans lever les yeux de son ordinateur.

— Mais j'ai un match! s'exclame Thomas.

Et si nous sommes en retard? Il repense à ses listes de malchance et de chance au hockey et va consulter son horaire.

— Papa! La partie est à l'Aréna de la Pinède. C'est au nord-ouest de la ville!

Son père sursaute.

— Fiou! Heureusement que tu as vérifié! Je croyais que c'était à l'Aréna du Centenaire! Je

vais prévenir ta mère.

Thomas et son père se dépêchent. Ils vont chercher Justin et roulent vers l'aréna. Le silence règne dans la voiture. M. Hiller se concentre sur la circulation. Les deux garçons regardent par la fenêtre. Ils se concentrent, eux aussi.

Thomas s'imagine en train de patiner sur la glace, recevoir une passe et projeter la rondelle le long de la bande. Il s'en empare, effectue une passe, puis se place près du filet. Devrait-il lancer ou faire une passe?

— Voilà ta mère, dit son père en entrant dans le stationnement.

Thomas la voit agiter ses gants jaune et vert.

— Les autres sont déjà arrivés, dit Thomas en

voyant la fourgonnette des parents de Mathieu.

Un drapeau des Flames de Calgary est fixé à une des fenêtres.

L'entraîneur Hugo arrive avec une trousse de premiers soins, son cartable et un seau de rondelles d'entraînement. Il salue l'entraîneur des Aigles.

— On y va! lance Thomas, prêt à travailler fort pour son équipe, les Faucons.

Dans la zone

Le vestiaire bourdonne d'excitation. Les Faucons *entrent dans la zone* au moyen de leurs routines spéciales. Chaque joueur a un rituel différent. Certains touchent leurs orteils, font craquer leurs jointures, se peignent les cheveux, collent du ruban sur leurs bas ou écoutent de la musique. Divers porte-bonheur sont posés sur le banc : une figurine de superhéros, une boule de ruban adhésif, des cartes de la LNH, un sac de cailloux noirs et un faucon en peluche.

Henri enfile soigneusement son équipement, en respectant l'ordre qui lui porte chance : protège-coudes, support athlétique...

Une odeur épouvantable se dégage des bas de Justin.

Mathieu tapote son ventre rempli de pizza.

Simon écrit les lettres LNH sur des pansements beiges à l'aide d'un marqueur noir. Il les colle sur son bras.

— J'ai inventé mes propres pansements porte-bonheur, déclare-t-il. J'ai fini les vrais.

Thomas s'habille en gardant la meilleure pièce d'équipement pour la fin. Il sort son chandail numéro 15 de son sac sans laisser son équipe voir le bout de ruban adhésif.

— Allez, les Faucons! dit-il en passant sa tête dans l'encolure.

Il s'appuie au mur afin que personne ne voit le numéro dans son dos. Il sent la chance du numéro 15 lui parcourir l'échine. Un sourire se dessine sur sa figure. Ça va être sa journée chanceuse!

L'entraîneur leur fait un petit discours d'encouragement.

— Allons sur la glace et jouons de notre

mieux. On n'est pas des oisillons, on est des...

— FAUCONS! crient les joueurs.

Thomas attache son casque et inspire profondément pour se donner du courage. *Allez, numéro 15!* Il prend son bâton et se place à la fin de la file en gardant le dos tourné vers le mur.

Les joueurs franchissent la porte, marchent sur le tapis de caoutchouc et entrent sur la glace. Quand Thomas lève les yeux vers les gradins, il voit sa mère, son père, ses grands-

parents et les autres partisans des Faucons. Ils portent tous du jaune et du vert. Tout le monde crie :

— Allez, les Faucons!

— Mot de Cambronne! crie Zoé, la sœur d'Henri.

— Hein? s'écrie Simon. De quoi parle-t-elle?

— Je ne sais pas, dit Thomas.

— Mais non, c'est ce qu'on dit pour souhaiter bonne chance, explique Henri en se portant à la défense de sa sœur. C'est une expression qui vient du théâtre.

— D'accord! lance Thomas. On a cinq minutes pour se réchauffer!

Il enfonce ses lames dans la glace et s'élance à grandes enjambées fluides. Il passe devant le banc des joueurs et le banc des pénalités. *Pas de pénalités!* se dit-il. Il effectue des virages en croisant parfaitement les pieds. Il exécute un tour complet à reculons, puis s'arrête pour se joindre à un groupe qui s'exerce à faire des tirs au but.

POC! POC! POC! Justin les arrête un après l'autre. Mais il manque un « cinquième trou » quand la rondelle se faufile entre ses jambières écartées.

— But! s'écrie Thomas, hors d'haleine. J'ai marqué un but!

Il danse sur place comme s'il avait des fourmis dans sa nouvelle culotte de hockey. *Le numéro 15 est magique!* À présent que ses muscles sont réchauffés, il se sent plein d'assurance…

et de chance!

Ses amis s'exclament tour à tour :

— Super!

— Génial!

— Bravo!

— C'est extra... fromage!

Toute l'équipe se rassemble autour de l'entraîneur pour pousser le cri de ralliement.

— Faucons! crient les joueurs à pleins poumons.

Thomas patine jusqu'au centre et se prépare pour la mise au jeu... en souriant jusqu'aux oreilles.

Au jeu

Plonk! L'arbitre laisse tomber le disque.

Thomas fait glisser son bâton, s'approprie la rondelle et l'envoie à Mathieu à l'aile droite. Ce dernier patine le long de la bande et lui retourne la rondelle. À grands coups de patin, Thomas s'avance pour être en position de recevoir la passe, mais un Aigle le dépasse subitement et saisit la rondelle avec sa lame.

L'Aigle s'élance sur la glace, poursuivi par Thomas et Mathieu. Simon patine à reculons, obligeant le joueur adverse à dévier et à s'éloigner du but. Justin se met en position avec son air féroce de gardien. *Grrrr!* L'Aigle effectue un lancer... et rate la cible!

Simon décrit une courbe et saisit le rebond. Il contourne l'arrière du filet. Croisant le regard de Thomas, il lui envoie une passe directe.

Thomas patine jusqu'au milieu de la patinoire. Il fait une passe à Mathieu, qui la lui renvoie.

Puis il expédie une passe à Henri. Ce dernier frappe la rondelle... en plein dans le filet des Aigles! C'est un BUT!

— Yé! se réjouit Thomas en tapant dans la main de ses amis.

— Yé! s'écrient les joueurs sur le banc.

— Bravo, les Faucons! crie la foule en agitant des drapeaux vert et jaune.

Thomas se sent bien en patinant vers le banc. Il entend l'arbitre dire aux officiels :

— Un but marqué par le numéro 8, assisté du numéro 5.

Thomas sait que c'est son numéro 15 qui lui porte chance. Il voit le pointage sur le panneau indicateur : 1-0 pour les Faucons.

Quelques minutes plus tard, les Aigles sont en possession de la rondelle. Leur ailier gauche contourne les Faucons et expédie une passe à un joueur en position ouverte. Il monte à la ligne bleue et effectue un lancer frappé qui passe au-dessus de l'épaule de Justin. BUT! Le pointage est maintenant 1-1.

— Zut, soupire Thomas.

Justin prend une gorgée d'eau. Il tape du pied.

Au milieu de la deuxième période, les Faucons sont en mauvaise posture. Le pointage est 3-1 pour les Aigles. La rondelle est dans la zone des Faucons. Thomas a la nausée.

— *Allez, numéro 15!* se répète-t-il pour conjurer le mauvais sort. *Je suis capable! Je vais réussir!*

Il retourne sur la glace pour la mise au jeu.

Justin secoue ses patins en tapant du pied. On dirait qu'il essaie de réveiller ses bas puants. En passant devant lui, Thomas lui lance :

— Ne lâche pas!

Justin hoche la tête et s'accroupit devant le filet.

— Allez, les Faucons! Allez, les Faucons! scandent les partisans.

Thomas ne les écoute pas. Il évite de penser au pointage. Il se concentre. La rondelle tombe.

Il remporte la mise au jeu et fait une passe précise à Mathieu. Ce dernier s'élance sur la glace. La rondelle zigzague de Mathieu à Thomas, puis à Mathieu, qui lance... et compte!

— Yahou! crie Thomas.

— Yé! crient les partisans.

— Ouais! s'exclament les joueurs en frappant leurs bâtons sur la bande.

L'arbitre annonce :

— But marqué par le numéro 18, assisté du numéro 5.

Le souvenir des paroles de Butch Baxter à

propos des assistances fait sourire Thomas.

Le tableau indique 3-2 pour les Aigles.

Le match continue de plus belle. L'entraîneur change constamment les joueurs sur la glace après quelques minutes. Il réclame un temps d'arrêt.

— Continuez comme ça, les Faucons, dit-il à son équipe. Et surtout, pas de pénalités! Un jeu de puissance nous écraserait en ce moment.

Il ne reste plus que deux minutes de jeu.

Ne lâche pas! se dit Thomas en sortant du banc des joueurs. Il se mêle au jeu, avance son bâton et saisit la rondelle. Enfonçant ses lames dans la glace, il part en échappée! Personne ne peut l'attraper. À l'aide d'un lancer rapide du poignet, il propulse la rondelle sous le gant du gardien. C'est un but!

— Yé! s'exclame-t-il en levant les bras.

Il sautille comme un Irlandais exécutant une danse de l'épée.

Ses amis s'approchent de lui.

— Yahou! crient-ils en lui tapant dans la main.

Submergé de fierté, Thomas lève les yeux vers les gradins. Ses parents agitent la main frénétiquement. Sa grand-mère fait sonner sa cloche de vache : *Clang! Clang! Clang!*

— Bravo! crie la foule.

BIZZZ! La sonnerie retentit. La partie est finie. Le pointage final est 3-3.

Les Aigles et les Faucons se rencontrent sur la glace pour se serrer la main.

— Beau match! dit l'entraîneur des Aigles à Thomas quand il passe devant lui.

— Beau match, réplique Thomas.

Un travail d'équipe

Le vestiaire est rempli de Faucons trempés de transpiration et débordant d'enthousiasme.

— Deux assistances et un but! Super! s'écrie Thomas.

Il sait qu'il n'aurait pu réussir cela sans le numéro 15 dans son dos.

Il enlève son chandail humide.

— Hein? s'écrie-t-il, paniqué.

Le bout de ruban adhésif de Butch Baxter n'est plus là. *Quoi? Oh, non!* Il n'en croit pas ses yeux. Tout ce qu'il voit, c'est le numéro 5!

Il s'empresse de chercher dans le vestiaire.

En s'approchant de la porte, il voit le bout de ruban blanc collé au mur.

Je n'ai touché ce mur qu'à une seule occasion, pense-t-il. *Et c'était AVANT le match!*

Il a soudain une illumination, telle une lumière rouge de but : *le numéro 15 ne m'a PAS aidé! J'ai joué ma meilleure partie de la saison avec la pire malchance : le NUMÉRO 5!*

Il avance vers le banc en titubant, sous le choc. L'entraîneur entre dans le vestiaire avec la feuille de match.

— Belle partie, les Faucons! déclare-t-il en levant une main.

Tous les joueurs s'assoient pour l'écouter.

— Vous avez travaillé fort. Le jeu était rapide. L'équipe adverse était solide. Il n'y a pas eu de but chanceux, pas de pénalités, pas d'excuses. Les passes étaient efficaces et les changements fluides.

Il lève le pouce et poursuit :

— Vous avez utilisé vos habiletés et votre cerveau! Vous êtes revenus en force! Bravo, les

FAUCONS!

— Yé! crient les joueurs.

Thomas aime bien son entraîneur. Il est heureux de le rendre fier.

Mathieu s'écrie :

— On dirait un bain d'oisillons, ici!

Il secoue la tête en aspergeant ses voisins de gouttes de sueur.

Tout le monde éclate de rire. La sueur vole dans toutes les directions.

— Je pensais qu'on était fichus quand le pointage était 3-1, poursuit Mathieu. Mais on a continué de picorer cette rondelle. On a mis deux autres œufs dans le nid...

— Ouais! crient les autres en riant.

Mathieu fait signe à ses amis de se rassembler, puis chantonne en haussant les sourcils :

— Et Thomas est encore vivant... avec son numéro 5!

— Bravo, Thomas! dit Justin en agitant un bas puant dans les airs.

— Ouais! renchérit Simon en secouant sa

boîte de pansements.

Henri tape dans la main de Thomas.

— C'était tout un but!

— Merci, les gars, dit Thomas en souriant. Ce n'était pas seulement grâce à moi, mais à notre jeu d'équipe, avec des buts et des passes décisives!

Mathieu mâche un morceau de pizza froide.

— Alors, as-tu trouvé un porte-bonheur? Allez, avoue!

— Non! dit Thomas. Je pense que je vais devoir continuer de chercher.

— On va t'aider, dit Simon. Tu peux compter sur nous!

Thomas se dit : *LE TRAVAIL D'ÉQUIPE est mon porte-bonheur! Compter des buts, c'est plus facile quand on travaille ensemble.*

— Dépêchons-nous! lance Justin. La partie des Flames va être diffusée à la radio!

Thomas range fièrement son chandail numéro 5 dans son sac. Il sourit. *J'ai de la chance d'avoir quatre excellents amis. Avec eux, tout est plus amusant! ET... quand on est tous ensemble, on est CINQ!*

RETROUVE THOMAS ET SES AMIS DANS LES AUTRES LIVRES DE LA COLLECTION HOCKEY JUNIOR :

ISBN 978-0-545-98703-5

ISBN 978-0-545-98704-2

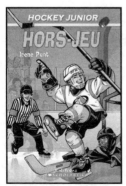

ISBN 978-1-4431-0638-2

ISBN 978-1-4431-4905-1

ISBN 978-1-4431-5138-2